Peter Schössow

¿Cómo es posible??!

La historia de Elvis

Lóguez

Al principio, no entendíamos qué sucedía.

De pronto, ella pasó por delante de nosotros.

Pasó por delante con su bolso de laca rojo chillón de abuela.
Extremadamente agitada.

De inmediato, nosotros la seguimos.
Delante, el de mejor olfato.

¿Y después? Después, comenzó.

Después siguió caminando.
¡Qué raro!

Nos mantuvimos tras ella.
Delante, el que menos llamaba la atención.

Después siguió caminando.

Eso ya lo conocíamos.
Nos pareció muy raro.

Y nos mantuvimos tras ella.
Delante, el de la maleta.
(Sabe Dios qué llevaría dentro.)

Nos preguntamos:
¿Qué está haciendo?

Encogimiento de hombros.
Pero, en todos.

Hasta que la larga,
que es de los nuestros, se atrevió:
"¿Qué diablos te sucede?"

"Sí, sí, el pobre..."
"Con lo bien que cantaba..."
"...y movía las caderas."
"Tutti frutti..."
"Buahh."

"No *ese* Elvis..."

Abrió su bolso rojo chillón de abuela,
lo puso delante de nuestras narices
y se echó a llorar.

"... *mi* Elvis!!!"

En el bolso, se encontraba un pequeño pájaro amarillo
y estaba muerto.

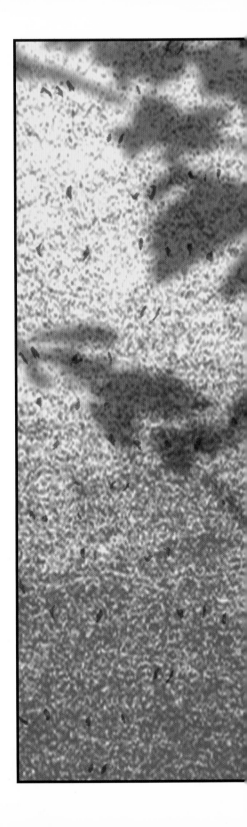

"Lamentable, lamentable..."
"Ah, por eso..."
"Qué triste..."
"...el pobre..."
"Buahh."

De alguna manera, todo aquello nos afectaba.

"Un entierro",
sugirió uno de los nuestros.

Y lo hicimos,
con todos los detalles.

En procesión.
Con cirio, corona y cinta,
flores, incienso...

Despedida.
Ay, no somos nadie...

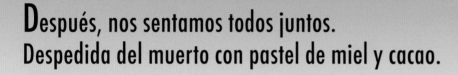

Después, nos sentamos todos juntos.
Despedida del muerto con pastel de miel y cacao.

Ella contó...

...había sido.

Lloramos un poco, nos abrazamos y
nos imaginamos cómo sería...

...si uno de los Elvis se encontrara con el otro Elvis.

Y entonces tuvimos que reír.
a pesar de estar tan tristes.

Fue bonito.

Título del original alemán: Gehört das so??!
Traducción de Eduardo Martínez

© 2005 Carl Hanser Verlag München Wien
© para España y el español: Lóguez Ediciones 2006
Ctra. de Madrid, 90. Apdo. 1. Tfno. 923 138541
37900 Santa Marta de Tormes (Salamanca)
www.loguezediciones.com

ISBN: 84-89804-98-2
Depósito Legal: S-324-2006